JN177009

めいたんていネートと なかまたち

めいたんていネートが、さまざまな じけんを、
みごとな なぞときで かいけつして いきます！

ネート

じけんを かいけつする めいたんてい。
じけんのときは、たんていらしい かっこうで、
ママに おきてがみをして 出かける。
パンケーキが 大すき。
よく はたらき、はたらいた あとは
よく 休むことに している。

いつもは
こんな かんじ！

じけんを かいけつちゅうの
ネートと スラッジ

スラッジ

じけんの かいけつを
手つだってくれる
ネートの あいぼう。
のはらで 見つけた犬。
ふるくなった パンケーキを
たべていたので、ネートは
おなじ なかまだと おもった。

ハリー

アニーの
おとうと。

ファング

アニーの 犬。
でっかくて、
するどい はを
もっている。

アニー

ちゃいろの
かみと、
ちゃいろの
目を した
よく わらう
かわいい子。
きいろが すき。

オリバー

ネートの
となりの いえに
すんでいる。
すぐに 人に
ついてきて、はなれない。
ウナギを かっている。

ロザモンド

くろい かみと、
みどりいろの
目を した 女の子。
いつも かわった
ことを している。

クロード

いつも
なくしものを したり、
みちに まよったり
している。

エスメラルダ

りこうで、
なんでも
しっている。

フィンリー

べらべらと
よく
しゃべる。

ピップ

むくちで
あまり
しゃべらない。

ロザモンドの ねこたち

スーパー
ヘックス

大きい
ヘックス

なみの
ヘックス

小さい
ヘックス

ぼくは めいたんてい

だいじな はこを とりかえせ

マージョリー・W・シャーマット／ぶん
マーク・シーモント／え
神宮輝夫／やく

大日本図書

ねずみのりえ

ぼくは、めいたんていネートです。
ぼくと、犬の　スラッジは、さんぽして　いました。
そして、あるきすぎて　しまいました。ロザモンドの
いえまで　いって　しまったのです。

ロザモンドは、いえの　まえに
テーブルを　だして、四ひきの　ねこ
と　ならんで、いすがわりの　木の
はこに　こしかけていました。
テーブルの　上には、すいしょうの
たまと　かんばんが　ありました。

ロザモンドの
うらない
2セント

「あなたの　しょうらい　うらないます。」
と、ロザモンドが　いいました。
「りょうきんは　二セント。」
「ぼくの　しょうらいは、二セントより
たかいよ。」
「じゃ、三セント。」
と、ロザモンドは　いって、すいしょうの
たまを　のぞきました。
「あなたは　もうすぐ、あたらしい　じけ
んの　かいけつを　たのまれます。」

「そんなこと、めいたんていネートは、いつも　たのまれてるよ。」と、ぼくは　いいました。

ロザモンドは、もういちど　すいしょうの　たまをのぞいて、いいました。

「それじゃ、もっと　くわしく　うらなうわね。

だれかが　かみの　はこを　なくしました。おかねのはこです。あなたは、それを　さがします。」

「おかねの　はこ?」と、ぼくは　ききました。

「おかねは　いくら　はいってた?」

「はいっていなかった。」と、ロザモンドは　いいました。

「からっぽでした。」

「からっぽ？」

「そう。わたしの　はこなの。うらないで　もうけた　おかねを　いれるのに　つかう　つもりだった　かみの　はこ。」

スラッジは、かえりたくて、しきりに　ぼくを　ひっぱりました。スラッジは、ロザモンドには　おかねもうけは　できないと、おもっていました。

「いかないで。」と、ロザモンドが　いいました。

「ちゃんと　はなしを　きいてよ。この　おみせを　だすとき、クロードが、テーブルと　かんばんと　おかねの　は

こを　だす　てつだいを　してくれたの。それと、ツナの
かんづめ四つもね。これは、ねこの　えさ。
ねこも、うらないが　すきなのね。
ツナかんと、おなじくらいに。」
「もちろん、そうだろ。」
「わたしは、テーブルの　上に
かんばんを　のせて、そばの
しばふに　おかねの　はこを
おいたの。」
「わかった。それで？」

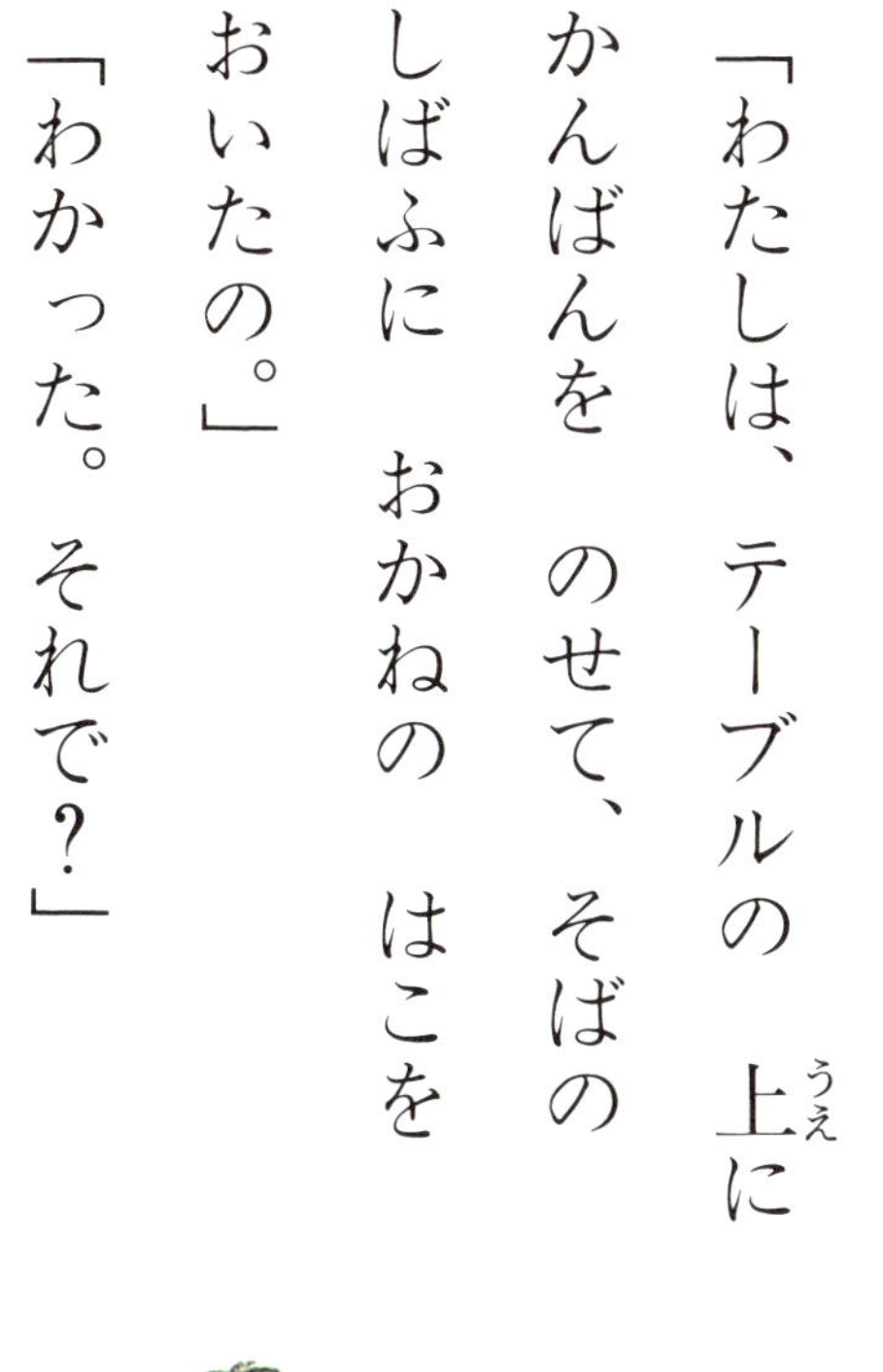

「わたしと　ねこたちは　いえに　もどって、
すいしょうの　たまを　もってきたの。
クロードは、ガレージから、木の
はこを　だしてきた。ねこたちと
わたしの　こしかけね。
　わたしが　すいしょうの　たま
を　もって、もどったとき、木の
はこは、ここに　あった。テーブルも、
かんばんも　あった。ツナの　かんだって、
つんでおいたのが　くずれていたけれど、

ちゃんと　あったわ。でも、おかねの　はこと
クロードは　きえていた。」
「それは　いつの　こと？」と、ぼくは
ききました。
「あなたが　くる、ほんの　ちょっと
まえ。」ロザモンドが　いいました。
「あなたは、うらないの　おみせの
さいしょの　おきゃくよ。そして、
あたらしい　じけんを　たのまれました。
だから、ちょうだい、三セント。」

「三セントなんか　もってないよ。」と、ぼくは　いいました。
「だいいち、おかねいれの　はこが　ないじゃないか。」
「だから、じけんを　かいけつしなさいよ。」
と、ロザモンドが　いいました。
「あれは、とても　ねうちの　ある
はこなのよ。わたしの　ねこの　スーパー
ヘックスが　はじめて　ねた　はこなんだから。」
ロザモンドは、ふしぎな　目つきで、ぼくを
みました。ロザモンドの　とくべつな
目つきです。

「よろしい。」と、ぼくは、いいました。

「この　じけん、ひきうけよう。その　ねうちの　ある　はこには、ふたが　ついてる？　いろは？　大きさは　どのくらい？」

「いろは　白。〝ろざもんど〟って、よこに　かいてあるわ。」ロザモンドが　いいました。

「ふたは　ついていない。大きさは、一セントどうかが

一まんまい　はいるくらい。」
「だから、それは、どれくらい　大きいの？」
ロザモンドは、じぶんの　いえを　ゆびさしました。
「わたしの　いえより　小さい。ガレージより　小さい。
この　木の　はこより　小さい。それから、ええと――。」
「わかった、わかった。」と、ぼくは　いいました。
ロザモンドは、かたを　すくめました。
「ひとの　しょうらいは　わかるけど、はこの　大きさは
わからないわ。」
ぼくは、てちょうを　とりだすと、一まい　ちぎって、

ママへ
うそみたいで、とても
せつめいできない
じけんの ために
でかけます。
すぐもどります
めいたんてい ネートより

ママに　てがみを　かきました。
ロザモンドは、その　てがみを　さっさと　つかんで、
「これは　わたしが　とどける
から、あなたは　じけんを
かいけつして。」と　いって、
でかけて　いきました。四ひき
の　ねこも、ついて　いきました。
ぼくは、木の　はこに　すわ
りました。木の　はこには、
バナナの　ラベルが　はって

ありました。
「もんだいの　はこは、どこか　このへんに
あるんじゃないかな。」
ぼくは、スラッジと　いっしょに
テーブルの　下を　のぞきました。
はこは、ありませんでした。
そして　とつぜん、足が
みえました。それも、六本。
二本は、アニーの　足。四本は、
アニーの　犬、ファングの　足。

「ねえ、わたしの　こと、うらなえる？」
と、アニーが　いいました。
「むりだよ。でも、ファングの
ことなら、うらなえる。
ファングは　いつか、スラッジ
と　ぼくに　かみつく。それは、
きょうかもしれない。」
スラッジと　ぼくは、にげだしました。
ぼくは、にげながら　おおごえで　アニーに　ききました。
「きみ、からっぽの　はこ、みなかった？　ロザモンドの

なまえが　かいてあって、一セントどうかが　一まんまいはいるくらい　大(おお)きい　かみの　はこ。」

「みなかったわ！」と、アニーが　さけびました。

「ぼくたち、クロードを　さがさなくちゃな。」

と、ぼくは　スラッジに　いいました。でも、クロードをさがすのは、はこを　さがすより　むずかしい。クロードはいつも　みちに　まようのです。ぼくたちは、クロードのいえに　いってみました。

ブザーを　おしました。ドアを　ノックしました。まどから　中(なか)を　のぞきました。だれかが、ぼくの　かたを

そっと　たたきました。クロードでした。

「きみ、ぼくを　さがしてるのかい？　ぼく、みちに　まよったけど、ひとりで　かえれたよ。」

「よかった。」と、ぼくは　いいました。

「ロザモンドの　かみの　はこを　さがしてるんだ。あれをさいごに　みたのは、きみだろ。」

「ぼくが　みたときは、しばふの上に　あった。木の　はこをとりに　いく　ちょっと　まえだったな。」クロードが　いいました。

「木の　はこは、はこぶのが　たいへんだった！
おなかに　ぶつかってばかり　いるんだ。
ロザモンドに　いわれたとおり、テーブルの　そばの
しばふに　おいた。その　あいだ　ずっと、ロザモン
ドが　どこに　いるか、ひやひやの　しどお
しさ。にげだすまで、いえから　でてき
ませんようにって、いのってた。」
「にげだしたの？」
「うん。ぼく、ロザモンドの　はこびや
するの、いやに　なったんだ。」

「それで　どうなった?」
「つんである　ツナかんに　つまずいて
ころんじゃった。」クロードは、いいました。
「で、しばふの　上に　ばったりさ。
でも、あの　はこは　なかったな。
あれば、みたはずだもの。」
「ツナの　かんづめが　ちらばって
いた　わけは、それで　わかった。」と、ぼくは　いいました。
「でも、あの　はこの　ゆくえは　わからない。めいたんて
いネートは、こう　おもう。きみが、ガレージに　いて、

ロザモンドと　ねこたちが　いえの　中に　いる　あいだに、だれかが、あの　はこを　もっていった。しかし、ロザモンドの　なまえが　かいてある　からの　はこなんか　もっていく　ひとが　いるかな？」

クロードは、だまって　かたを　すくめました。

「どうしても　かみの　はこが　ほしい　ひとが、ひとりいる。」と、ぼくは　いいました。

スラッジと　ぼくは、フィンリーの　いえへ　まっしぐら。

フィンリーは、ねずみを　一ぴき　かっています。ねずみは、ねどこに　して　いる　大きな　はこを　いつも　かじります。だから、いつも、あたらしい　はこが　いるのです。ちょうど　いま、とりかえたばかりかも　しれません。だったら、フィンリーが　ロザモンドのはこを　もっていったのかも。

フィンリーと　ねずみは、いえのそとに　いました。「ねずみのいえ」と　かいてあるはこは、あらかた　かじられて　いました。

「一セントどうかが、一まんまい

はいる　大(おお)きな　はこを　みなかった？　ロザモンドのはこなんだけど。」と、ぼくは　ききました。

「うちに　あるのは、ねずみの　はこだよ。」

と、フィンリーは、こたえました。

「はこなら、スーパーに　たくさん　あるよ。それも、いいはこばっかり。あそこで、ロザモンドの　はこが　みつからなかったら、あとは、ごみすてばだね。ごみすてばに　あるのは、ひどい　はこばっかりだけど。」

「それじゃ、いい　はこの　ほうを　さがすよ。めいたんていネートに、ごみすてばは　にあわない。」

ぼくと　スラッジは、スーパーへ　いきました。スラッジは、中へ　はいれません。ぼくだけ　中へ　はいって、はこを　さがしました。

ダンボールばこや　ふくろには、オレンジと　じゃがいもが　いっぱい。木ばこには、にんじんや

バナナが　いっぱい。ぼくは、はこの　ラベルを　たしかめました。ロザモンドの　木(き)ばこには、バナナの　ラベルがはりつけて　ありました。きっと、この　スーパーで、てにいれたのです。でも、それで　じけんは　かいけつしません。めいたんていネートが　さがしているのは、バナナの　ラベルの　はこでも、オレンジの　ラベルの　はこでも、ありません。〝ろざもんど〟と　かいてある　はこなのです。
そのとき、とつぜん　いい　におい。パンケーキの　においです。やきたてが　ただで　もらえます。
ぼくも　一つ　もらいました。それから、れつの　うしろ

に　まわって　もう　一つ。
三かいめには、
おばさんが、
「もう　おしまい。」
と、いいました。
　ぼくは、スーパーを
でました。めいたんていネート
には、もっと　パンケーキが、
スラッジには　ほねが
ひつようでした。ぼくたちは、いえに

かえりました。
ぼくは　パンケーキ、スラッジは　ほねを　たべました。
それから　ずっと　かんがえたのは、からっぽの　はこの　こと。
　おかげで、もう　一つ　からっぽに　なったのは、ぼくの　あたま

の　中（なか）。
だいじな　てがかりを
みのがしては　いないか。
ぼくは、かんがえなお
しました。
からっぽの　はこ。
テーブル。かんばん。
ツナの　かんづめが　四こ。
ロザモンドは、ねこを
つれて　いえに　はいる　まえに、

ぜんぶ　みている。クロードも、ロザモンドの　いえの
ガレージに　はいる　まえに、ぜんぶ　みている。
その　からの　はこが、なくなった。
からの　はこだけが　なぜ？
テーブルは、おもすぎて　もっていけない。「ロザモンド
の　うらない　2セント」なんて　かんばんは、だれも
もっていかない。もっていくなら、ツナの　かんづめ。
なのに、なぜ、ただの　からばこなんか　もっていく？
とつぜん、めいたんていネートの　あたまに、こたえが
ひらめきました！

ただの　からばこだから、もっていったのです！
だれかが、からっぽの　はこを　みて、ごみだと　おもって　すてたに　ちがいありません。
ロザモンドの　なまえが　かいてあったけど、かたがわだけだったから、気(き)づかなかったのでしょう。
「ロザモンドの　はこは、たぶんいま、ごみすてばだよ。」と、ぼくは、スラッジに　いいました。
ぼくと　スラッジは、ごみすてばへ　いそぎました。

そこは、 ごみの やまでした。 ふるい もの、
やぶけた もの、 われた もの、 ばらばらに
なった もの。 だれも ほしがらない
ものばかりです。 ぼくも、 ごめんです。
「ここが、 ごみすてばの ふもとだ。」
と、 ぼくは スラッジに いいました。
そして、 ごみの やまの てっぺん
を みあげると、 みえたのです！
はこが 一つ、 つきでています！
なにか 字が かいてあるのが

みえます！

あれです！　あれが、ロザモンドの　はこです。

「あの　ごみの　やまに　のぼらなくちゃ。」

と、ぼくは　いいました。

スラッジが　ぼくの　かおを　みました。のぼりたくないのです。ぼくも、のぼりたくありません。

でも、のぼらなくちゃ。

でこぼこの　マットレスや、こわれた　かぐ、よごれた　ふるぎに　ふるい　くつ。ごみのやまを　よいしょ、こらしょ、ようやく

ちょうじょうに　のぼりついて、
からの　はこを　つかみました。
かいてある　じが、ぜんぶ　よめました。

ねずみの　いえ

ロザモンドの　はこでは、ありませんでした。すっかり　かじられた　はこ。フィンリーの　ねずみの　いえの　のこりです。
まったく　もう。

ぼくは、くたくた。スラッジも　くたくた。

ぼくは、ごみの　やまの　てっぺんで、スラッジを　かかえて　すわりこんだまま、しばらく　うごけませんでした。

ここは、ごみの　せかいの　ちょうじょうです。

みおろすと、じめんは　ずーっと　下。ここは、こわい。

おりるのも　こわい。でも、おりなくちゃ。

「いくぞ。」と、ぼくは　いいました。

スラッジと　ぼくは、おりはじめました。

スラッジは、もう　びくびく。

「下を　みないで。」と、ぼくは　いいました。

それっきり　スラッジは　上を　むいたまま。

それを　みて、ぼくは　気づきました。

「これだっ！」

これが、じけんの　かぎなんだ。ほんとうの　てがかりを　みつけたぞ！

「じけんは　かいけつした。ロザモンドの　いえへ　もどるぞ。」

ぼくは、でこぼこの　マットレスを　つかむと、スラッジと　いっしょに　とびのって、いっきに　下まで　すべりおりました。

ぼくたちは、ほこりを　はらいおとすと、
ロザモンドの　いえへ　ぜんそくりょく。
ロザモンドは、ねこたちと　ならんで
木ばこに　すわって、おきゃくを　まって
いました。そして、
「あなたの　てがみは
とどけたわよ。わたしの
はこは　みつかった？」
と、ききました。
「うん。」ぼくは　いいました。

「それなら、どこに　あるの？」
「きみが　その　上に　すわって
るんだ。」
「わたしが　すわっているのは
木ばこ。あの　はこじゃ　ないわ。」
　ロザモンドと　ねこたちは、
立ち上がりました。
「ほら、ね？」
　ぼくが、かがんで　木ばこを　もちあげると、
その　下に、ちゃんと　ロザモンドの　はこ！

「わたしの　はこだわ！」
ロザモンドが　いいました。
「木ばこの　中だったのね！」
「そうだよ。クロードが
木ばこを　かぶせてしまった
のさ。ほんにんは　気が
つかないでね。」
ロザモンドは、
はこを　ひろいあ
げました。

「なぜ、クロードは、気が　つかなかったの？」

「クロードは、木ばこを、おなかで　かかえるようにして
はこんだ。そして、はこびながら、きみを　さがしてた。
つまり、クロードは、木ばこより　上だけを　みていたの
さ。下には　おかねの　はこが　あったのにね。
それは、クロードには　わからなかった。下を　みていな
かったからね。だから　気が　つかないで、木ばこを　おか
ねの　はこの　上に　おろしてしまったのさ。それから、に
げだそうとして、ころんじゃった。ツナかんを　けとばして
ね。そこで　はじめて、はこが　ないことに　気づいたんだ。

じぶんで　かくしたんだから、
みえないはずさ。」
「わたし、もう　こんりんざい
クロードに　てつだいなんか　たのまない。」ロザモンドが　いいました。
「クロード、よろこぶよ。それを
きいたら。」
　ロザモンドは、はこを　しっかり
だきしめて　ききました。
「でも、どうして　なぞが　とけた

の？」

「てがかりは　たくさん　あったんだけど、はじめは　わからなくてね。」

と、ぼくは　いいました。

「おかねの　はこは、木の　はこより小さいって、きみ、おしえてくれたよね。あれは、てがかりの　一つだった。」

　ロザモンドは、はこを　だきしめた　うでに　ちからを　こめて　いいました。

「てがかりの　こと、もっと　はなして。」

「スーパーで 木ばこを みて、きみの バナナの 木ばこは、あそこで てに いれたんだと おもった。」

「わたし、スーパーで バナナを やまほど かったの。そうしたら、おしまいに 木ばこが からに なったので、わたしに くれたの。」

「めいたんていネートは、

スーパーの　木ばこは、ふたが　とってある　ことに　ちゅうもくした。それは　つまり、きみの　はこにも、ふたが　ないってことだろ。

きみは、その　はこを　さかさに　して　すわっている。ふたの　ない　ほうが　下に　なってるよね。だから、おかねいれの　はこの　上に　ぴったり　かぶさって　かくしてしまうって　わけ。」

ロザモンドは、かんしんして、もう　うっとり。われを　わすれて、ねうちものの　はこを　つぶしています。

くろうして　みつけた　はこは、つぶされました。

しかし、ぼくの　しごとは　おわりました。
ぼくは、いいました。
「じけんが　かいけつしたのは、ごみすてばで、ぼくが
スラッジに　下を　みるなと　いった　ときなんだ。下を
みないって　いう　ことが、いちばんの　てがかりだった。」
「わたしの　ために、ごみすてばまで！」
ロザモンドは、かんどうして　さけびました。
「ぜひ、なにか　おかえし　しなくちゃ。そうそう、
あなたたちの　こと、うらなうわよ。ただで　二かい。
ううん、三かい。十かい。なんかいでも、すきなだけ

しょうらいを　うらなってあげる。」

「ぼくの　しょうらいなら、じぶんで　うらなえるよ。」

と、ぼくは　いって、すいしょうだまを　のぞきました。

「たんていと、かれの　犬が　みえる。」

と、ぼくは　いいました。

「そして、かれらは　いなくなる。」

そのとおりに　なりました。


（おわり）

こたえ：Welcome! You cleared the secret code!（いみは、「おめでとう! ひみつの あんごうが とけたね！」だよ）

ひみつの　あんごうひょう

ときに　たんていは、ひみつの　あんごうを　しるした
メモを　のこして　いかなければ　ならないよ。
また、じけんを　かいけつ　するために、
ひみつの　あんごうを　ときあかさなければ
ならない　ときも　あるんだ。

上の　マークは、ひみつの　あんごうだ。
一つ一つの　マークを
右のページの　あんごうひょうを　見ながら、
アルファベットに　おきかえてみよう。
ぼくからの　メッセージに　なっているよ。
ひみつの　あんごうを　つかい　こなせるように　なれば、
きみも　りっぱな　めいたんていだ！
（わからなかったら、おとうさんや　おかあさんに　きいてみてね。
こたえは、右のページに　かいてあるよ。）

つくりかた

1. 大きなボウルに　たまごを　わって　入れ、
こむぎこ、たまねぎ、くろこしょうも　入れて、
あわだてきで　よく　かきまぜます。

2. 千ぎりにした　ジャガイモを　水に　ひたしたあと、
ペーパータオルの　上に　のせて、水けを　とります。
それを　**1.** の　ボウルに　入れて、かるく　かきまぜます。
これで　ラトケスの　きじの　かんせいです。

3. ちゅう火で　あたためた　フライパンに、
小さじ　1ぱいの　バターを　のせて　とかします。

4. **2.** で　つくった　きじを、スプーンなどを　つかって、
フライパンに　ながしこみます。
できるだけ、まるい　かたちに　しましょう。

5. かためんを　3ぷんずつ　やくか、
ひょうめんが　きれいな　ちゃいろに　なるまで　やきます。

この　りょうで、10まいくらい　やけます。
おこのみで、アップルソースや
サワークリームを　つけて　たべてね。

ネートの「ラトケス」レシピ

ラトケスと　よばれる、 ジャガイモの　パンケーキは、
ぼくが　とくべつな　ときにだけ　つくる　パンケーキです。
ママや　パパにも　手(て)つだって　もらって、 つくってみよう！

ようい するもの

- 大(おお)きなボウル
- ペーパータオル
- フライパン
- フライがえし
- あわだてき（なければ、 大(おお)きなスプーンなど）

- じゃがいも（かわをむき、千(せん)ぎりにしたもの）…4つ
- たまご……………………………………………………2こ
- こむぎこ ……………………………………………カップ 1/3ぱい
- みじんぎりにした　たまねぎ ……………………カップ 1/4ぱい
- くろこしょう …………………………………………小(こ)さじ1/4ぱい
- バター……………………………………………………小(こ)さじ1ぱい

あとがき

「めいたんていネート」は「ぼくはめいたんてい」に続く新シリーズです。主人公は，前のシリーズと同じ９歳のネート少年です。相変わらずシャーロック・ホームズばりに，ディアストーカーという前後のひさしのついた帽子とトレンチコートといういでたちで，愛犬スラッジをつれて登場します。そして，どんな難しい事件も「このじけん，ひきうけよう」とたのもしく答えます。

名探偵ネートのまわりでは，ペット・コンテストの賞品がなくなった，だいじな雑草が行方不明になった，野球の２塁ベース（くねくねしたタコのおもちゃ）が消えた，お金入れの箱が見つからない，猫用のまくらカバーがどこかへいってしまった，お母さん犬からクリスマス・カードが届かなくて犬がふさぎこんでいるといった事件が起こります。ネートは，ていねいな推理を積み重ねて，一つ一つ見事に解決します。

話はどれもユーモアたっぷり。お母さんからクリスマス・カードが届かなくてふさぎこむ犬は，ファング（きば）という名前の，大きくておそろしい感じの犬なのです。ネートとスラッジは，この犬がこわくてにげまわっています。ほかに，このシリーズに欠かせない変わった女の子ロザモンド，いつもだれかといっしょにいたい“くっつき虫”のオリバーなどの少年少女，ロザモンドのペットの４ひきの猫たちなど，みんなちょっと変わっていて，毎日を生きていくことの楽しさが伝わってきます。

このゆかいな人と動物たちの物語に，作者マージョリー・ワインマン・シャーマットは人と人とのつながりの理想をこめているように思います。アメリカのコールデコット賞受賞の画家マーク・シマントは，ユーモラスな物語の雰囲気，特に登場する人間と動物たちの表情を上手に描いていて，絵を見ていると，心の底から楽しさがわき上がります。

作者と画家のかんたんな紹介をしておきます。

マージョリー・ワインマン・シャーマットは，１９２８年生まれのアメリカの作家。生まれ故郷のメイン州ポートランドの短大で学び，広告などの仕事に従事していました。子ども時代からの作家になる夢を絵本『レックス』で果たし，以後幼年向きからヤングアダルト向きまで，広い範囲の作品を発表しています。

マーク・シマントは，１９１５年パリに生まれ，子ども時代をフランス，スペイン，アメリカで過ごしました。パリとアメリカで美術を学び，マインダート・ディヨング，マーガレット・ワイズ・ブラウン，シャーマットなどの作品のさし絵を担当。ジャニス・メイ・ユードリ文の絵本『木はいいなあ』の絵でコールデコット賞を受賞しました。またジェイムズ・サーバーの『たくさんのお月さま』に新しい絵を添えて高く評価されました。

なお，『ねむいねむいじけん』は，ロザリンド・ワインマンが共作者になっており，人騒がせな夜の電話のアイデアは，彼女の思い出からのものだそうです。『いそがしいクリスマス』では，クレイグ・シャーマットが共作者です。

新シリーズ「めいたんていネート」を，前シリーズと同様に喜んでいただけたらと願っております。

（訳者）

※刊行当時のあとがきを，そのまま掲載しています。現在は，「ぼくはめいたんてい」シリーズに全て統一しています。

訳者紹介

神宮 輝夫(じんぐう てるお)
1932年群馬県生まれ。早稲田大学英文科卒業。青山学院大学名誉教授。児童文学評論、創作、翻訳など、はばひろく活躍している。主な訳書に『アーサー・ランサム全集』(岩波書店)『ウォーターシップ・ダウンのうさぎたち』(評論社)、評論に『世界児童文学案内』(理論社)『英米児童文学史』(研究社)、創作に『たけのこくん』(大日本図書)などがある。

新装版 ぼくは めいたんてい
だいじなはこをとりかえせ

ぶん　マージョリー・ワインマン・シャーマット
え　マーク・シーモント
やく　神宮輝夫
　　小宮 由(ひみつのあんごうひょう・ネートの「ラトケス」レシピ)

2015年2月20日　第1刷発行
2024年2月29日　第2刷発行

発行者●中村 潤
発行所●大日本図書株式会社
〒112-0012 東京都文京区大塚3-11-6
URL●https://www.dainippon-tosho.co.jp
電話●03-5940-8678(編集)
03-5940-8679(販売)
048-421-7812(受注センター)
振替●00190-2-219

デザイン●籾山真之(snug.)
本文描き文字●せり ふみこ

印刷●株式会社精興社
製本●株式会社若林製本工場

ISBN978-4-477-02703-6
52P　21.0cm×14.8cm　NDC933